U0053531

福爾摩斯

——消失的屍體——

Sherlock
Holmes

SHERLOCK HOLMES

大偵探
福爾摩斯
消失的屍體

再見了， 小雷！

在下着微微細雨的黑夜，當看到殮房的職員一個一個離開後，躲在暗角的黑影撐着傘，悄悄地繞到殮房後面的小巷裏，在一個開在10多呎高的氣窗下面停下來。

「幸好實習時在這裏獃過，知道這裏有個

氣窗。」黑影心中暗想。他往巷頭巷尾看了一下，確認沒有人後，連忙收起手中的雨傘，並把它擱在牆邊。接着，他沿着水管攀到氣窗旁邊，掏出早已用毛巾包好的鎚子，然後往氣窗的玻璃用力一敲。

「噗」的一下悶聲響起，玻璃應聲破裂。他豎起耳朵細聽了一會，

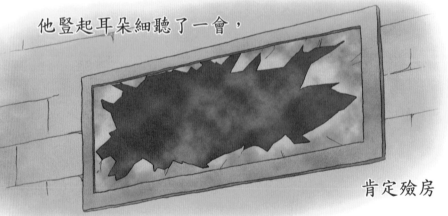

肯定殮房內沒有動靜後，就用鎚子輕輕地敲去仍黏在窗框邊上的玻璃碎片。然後，他小心翼翼地提起右腿跨進氣窗中，在找到支撐點後，再把左腿跨進窗內，當整個人進入氣窗後才縱身一躍，

躍到屋內的地面上。

　　他蹲在地上，小心地環視了一下四周。

　　「太好了，沒有人。」他內心安慰了一下自己才放心地站起來，點着帶來的**蠟燭**，藉着燭光逐一檢視躺在10多張床上的屍體。可是，沒有一具屍體是他想找的。

　　「怎會沒有的？這裏的職員明明說今天下午接收了**小雷**的屍體呀。」黑影心裏有點焦躁不安。

　　他沉思片刻後，突然想起：「啊，我太大意了。一個流浪漢倒斃街頭，警方必定要求驗明死因，小雷一定被送到 **解剖室** 去了。」。

　　想到這裏，黑影赫然一驚：「糟糕！要是警方驗出了他的**身份**，豈不是會追蹤至……」

　　黑影一個急轉身，馬上往解剖室走去。他踏進解剖室一看，果然，一具被白布蓋着的屍體橫陳於**解剖台**上。

　　他**躡手躡腳**地走到解剖台的旁邊，輕輕地揭開了白布。

　　「*啊……小雷……真的是小雷你……*」黑影凝視着白布下的、那副仿似沉睡着的臉容時，不禁**思潮起伏**，那些埋藏在心中的**陳年記憶**，又一一湧上心頭。

再見了，小雷！

一起排隊，拿着盤子在飯堂**等派飯**的日子。

一起蹲在菜園中，挖開泥土**埋下種子**的日子。

一起在浴室的花灑下，為對方的背脊**擦肥皂**的日子。

一起在操場上，參加**接力跑**比賽的日子。

一起在烈日下，與其他孩童**打架**的日子。

但是，最忘不了的，還是蘭茜拖着你的小手，含淚向我**揮手送別**的那一天。

「一別20多年，沒想到……我們竟然會在這間冷冰冰的解剖室中重聚……」黑影悲痛莫名地呢喃，「你既然知道我工作的地方，為甚麼不來找我？為甚麼？」

黑影壓抑着悲痛，憐憫地摸了一下屍體的臉蛋，心中說：「小雷，對不起，我不能認領你的屍體。這……這不是一個好時候……希望你能諒解。」說完，黑影把揭開的白布重新蓋上，然後依依不捨地從解剖台退開，走出了解剖室。

可是，他走了兩步，忽然又停下來。

「不行，要是警方發現了小雷的身份，又追蹤到我身上的話……太危險了……要是這樣，我20多年來的辛勞就白費了……我……我不能讓這種事情發生！」

　　黑影想到這裏，又回到解剖室中。他看着解剖台緩緩地跪下，像**禱告**似的向白布下的屍體說：「小雷，請原諒我⋯⋯我必須這樣做⋯⋯我知道你會原諒我的嗎⋯⋯對不起⋯⋯請你原諒我⋯⋯」

失物認領處

放假一天後，蘭茜回到工作的地方，她一踏進狹小的 失物認領處 ，就看到新來的失物擱在桌子上。那是5把 雨傘 、1頂 氈帽 、1本 雜誌 、3本 書 和1條女人用的 圍巾 。

「嘿，果然是雨傘勝出。」蘭茜心想，「昨天下微微雨，帶傘的人多。每逢雨天，總是雨傘勝出……」

蘭茜是貝格街地鐵站失物認領處的職員，她自40歲起找到這份工作後，在這裏無風無浪地幹了八九年，今年已50歲了。可能是她個子又矮又胖又愛笑吧，在這個車站出入的乘客，不管老少都喜歡她，也愛「蘭茜姨、蘭茜姨」的呼喚她。

失物認領處的工作看來枯燥乏味，但對蘭茜來說卻是個可堪玩味的地方。因為，每天送來的失物除了最常見的雨傘和書籍外，還有大衣、公事包、手袋、眼鏡、花盆，甚至拐杖！

「天呀！怎會有人忘了自己的拐杖？那個物主不用拐杖也可以攀上站內那條長得要命的

樓梯嗎？要是那樣的話，他又為何要用拐杖呢？」蘭茜永遠無法解開這個謎。

但這已不算是最離奇的了，年前，有乘客送來一個藤籃，裏面竟然躺着一個可愛的嬰兒！總之，在失物認領處不愁寂寞，不時都會看到叫人大吃一驚的東西。

蘭茜從抽屜中拿出失物登記冊，逐一為失物編號和寫上日期，又把它們的種類和

特徵記在冊子上。接着，取來10多張標籤，在上面寫上日期和編號後，又一一把它們繫在或夾在失物上，以作記認。

當她拿起當中的一把雨

傘，準備繫上標籤時，傘柄上的一個**徽號**引

起了她的注意。

「唔……？」蘭茜心裏嘀

咕，「這個徽號好像在哪兒

見過……呀！我記起來了，

保特蘭街車站附近的

一棟樓也有類似的徽號。

反正順路，下班後

就把雨傘送過去，

看看能否找到**物**

主吧。」

這時，蘭茜做夢也沒想到，她的一片好心，

竟會為她招來**殺身之禍**！

陋巷中的兇案

「福爾摩斯先生，你可以幫我一個忙嗎？」中午時分，一向搗蛋頑皮的小兔子罕有地苦着臉來求助。

「怎麼了？在街上被人欺負嗎？」福爾摩斯斜眼看了看小兔子，幸災樂禍地說，「我是私家偵探，可不是私人保鏢，幫不上忙。」

「我不是被人欺負，我是想你幫忙查案。」

「查案？」

華生好奇地問，

「查甚麼案？」

「對，查甚麼案？我收費

很**貴**的啊。」福爾摩斯故意打趣地留難,「不過,看在你的份上,給你打個 八折 吧。」

「你怎可以向我收錢,我只是個 **小屁孩** 呀。」小兔子急得幾乎要掉下眼淚來了,「而且,死者是 **蘭茜姨** 啊!」

「甚麼?」福爾摩斯被嚇得整個人從椅子上彈起來,「你說是地鐵站那個蘭茜姨嗎?她死了?」

「是啊……她死了……」說到這裏,小兔子終於哭出來了,「嗚……嗚……嗚……她死得好慘啊……」

「你先別哭。快告訴我，她是怎麼死的？」福爾摩斯急切地問。

「我也不太清楚，只是聽附近街坊說的……」小兔子擦了擦眼淚說，「昨晚有人在**保特蘭街地鐵站**附近的**陋巷**中，發現她倒斃在污水溝旁，後腦被打個**稀巴爛**，死得很慘……」

「我也認識蘭茜姨，她是個常常掛着笑臉的老好人……」聽到小兔子這麼說，華生也感到鼻頭一酸。

「對……」福爾摩斯**若有所思**地說，「我有一次把煙斗遺留在車廂內，她一看就知道是我的**失物**，還特

意跑來還給我。她這種老好人，絕不會與人結

怨，怎會招來**殺身之禍**呢？」

「福爾摩斯先生，你願意幫忙

調查吧？」小兔子**哭**

喪着臉問道。

「明白了。」

福爾摩斯摸摸小兔子

的頭，「蘭茜姨是我

們的朋友，我又怎會

袖手旁觀。我一定會把這宗命案查個**水落**

石出的。你先回去吧。」

「你要保證啊！一定要查個水落石出啊！」

小兔子**淚眼汪汪**地說完，就傷心地離開了。

「真不巧，我下午要去出診，沒法幫忙。」

華生語帶歉意地說。

「沒關係，我先去調查一下，弄清楚案子的來龍去脈後再說。」

晚上，華生回到貝格街，一打開家門，就聞到一股濃烈的煙味，看來福爾摩斯已回來好久了。

「調查得怎樣了？」華生向正咬着煙斗沉思的老搭檔問道。

「我去蘇格蘭場問過，正如小兔子所說那樣，蘭茜是在保特蘭街地鐵站附近的一條陋巷中被殺的。」福爾摩斯抬起頭來說，「那兒正在進行維修工程，巷裏堆放着一些磚。屍體旁邊有一塊染了血的磚頭，從她後腦的傷口形狀看來，兇器就是那塊磚頭。」

　　「這麼說的話，兇手是隨手撿起一塊磚頭從後偷襲，看來像打劫呢。」華生推論。

　　「對，這是兇殘的劫匪慣用的手法。他們先把行劫目標從後擊暈，然後再搜劫受害人身上的財物。」福爾摩斯說，「可是，警方在蘭茜身上找到了她的錢包。憑此推斷，這看來不像劫殺。」

「會不會剛好有人經過，劫匪慌忙逃走，沒有時間搜劫？」

「不可能。」福爾摩斯一口否定，「蘭茜是倒在小巷中間，如果有人在巷頭經過，劫匪尚有足夠時間搜劫她身上的財物。而且，如果真的有人經過，該一早報警，不會等到她死後4個小時才被人發現。」

「原來如

此……」華生想了想問，「那麼，知道她為何經過那條小巷嗎？會不會是約了甚麼人見面，所以才遭到毒手？」

「不，她的家就在兇案現場附近。據她的家人說，蘭茜怕走路，常常抄捷徑走那條小巷回家。」

「那麼，遭人尋仇呢？譬如說，有仇家知道她常經過那兒，就埋伏襲擊。」

「這個可能性甚低。」福爾摩斯搖搖頭說，「第一，我們

仇人

尋仇

磚頭（兇器）

都知道蘭茜是個老好人，沒有仇家。第二、兇手隨手撿起磚頭當作兇器，不像是有計劃的尋仇。」

「是的……如果是有計劃的尋仇，沒理由不準備利器而用磚。」華生有點失望地說，「看來這案子非常棘手，完全沒有線索可循呢。」

「是的。」福爾摩斯皺起眉頭說，「所以，我打算從她的背景和工作關係入手調查，看看能否找出甚麼線索。」

消失的雨傘

　　翌日，福爾摩斯和華生一大早就去到貝格街地鐵站查問。兩人從站長口中得知蘭茜出生於**南非**，年輕時曾在南非開普敦一間**孤兒院工作**，31歲時隨丈夫移居倫敦，**膝下無兒**。10年前丈夫病故後，就來到貝格街失物認領處工作。此外，她前天請了一天假看牙醫，當時並無異樣。

「蘭茜的日常工作是甚麼？會不會得罪客人？」在站長帶領下來到 **失物認領處** ，福爾摩斯看了看架子上放得滿滿的各式失物後，就開口問道。

「日常工作很簡單，就是把撿來的失物 **分門別類** 地登記好，當有人來查詢失物時，就要憑物主對失物的描述，來把物品歸還。」 **瘦骨嶙峋** 的站長答道，「雖然有時會遇到一些找不到失物後亂發脾氣的乘客，但我從沒見過蘭茜與他們爭執。我相信她不會 **得罪** 人。」

「是的，她確實不像會得罪人。」福爾摩斯想了想，「那麼，我可以看看 **失物登記冊**

嗎？」

「可以呀，但看登記冊有用嗎？」站長感到

疑惑，但仍從抽屜取出一本厚厚的冊子。

福爾摩斯接過冊子後坐下來，仔細地翻閱。

「昨天沒有任何 **失物的記錄** 呢。」福爾摩斯看到最後一頁，抬起頭來說。

「是嗎？那麼，她昨天一定很空閒了。」

「不過，前天 **5月1日** 卻有1頂毯帽、

novel: Jane Eyre
novel: Oliver Twist
magazine: The Strand Magazine (May 1)
4 felt hat (brown)
5 umbrella (navy blue)
6 umbrella (blue)
7 umbrella (black, shotgun, W.W.)
8 umbrella (black, wrinkled)
9 umbrella (black, broken)
10 umbrella (pink)

1本雜誌、3本書、1條女人用的圍巾和 **5把雨傘**——」福爾摩斯說到這裏忽然止住。

「怎麼了？」華生察覺有異，於是問道。

「**奇怪**……」福爾摩斯呢喃，「在其中1把雨傘的括弧後面，還寫

hat (brown)
umbrella (navy blue)
umbrella (blue)
umbrella (black, shotgun, W.W.)
umbrella (black, wrinkled)
umbrella (black, broken)
scarf (pink)

着『shotgun』*和『W.W.』呢。」

「甚麼?『shotgun』?」華生大吃一驚,「獵槍與雨傘有何關係?」

「啊,那是蘭茜的筆跡,該是物品特徵的標註,只有她自己看得懂是甚麼意思。」站長探過頭來說。

「但5月1日蘭茜不是請了假嗎?怎會是她的筆跡呢?」福爾摩斯感到奇怪。

「前天的替工名叫蘇珊,她只是個臨時工,可能懶得把失物登記好吧。」站長說,「一定是蘭茜昨天上班後補寫在登記冊上的。」

*shotgun是獵槍的意思。

「原來如此。」福爾摩斯點點頭，「『W.W.』容易推測，大概是刻在傘柄上的**姓名縮寫**。但又怎會與獵槍扯上關係呢？可以把那雨傘拿來看看嗎？」

「可以呀。」站長把地上一個標籤着日期的籃子放到桌上，「請隨便看，5月1日的**失**

物都在這籃子裏。」

福爾摩斯翻看了一下籃子上的東西，說：「其他物品的數目都對，但雨傘只有4把，**缺**

了1把啊。」

　　「真的嗎？」站長有點緊張地湊過來親自點算了一下，果然缺了1把。

　　福爾摩斯一邊檢視雨傘一邊說：「4把都是一般的紳士傘，上面沒有刻字，也沒有可以令人聯想到『shotgun』的特徵呢。」

　　「這麼說的話，會不會是消失了的雨傘——」

　　「呀！」華生還未說完，站長就叫起來，「我想起來了！蘭茜昨天黃昏下班時，手上拿着一把黑色的雨傘。」

　　「啊？真的嗎？」福爾摩斯眼中迸出光彩，「有一次我把煙斗遺留在車廂內，她親自把煙斗送到

我家。這次，她也可能從那兩個特徵看出了甚麼，於是拿着雨傘去找**物主**。」

「是的，她確實有這個習慣，喜歡親自把失物送到物主手上。」站長點點頭，「她說**助人為快樂之本**，看到人家**失而復得**的驚喜表情，自己也會開心一整天。」

「可以找那個替工來問話嗎？她或許記得那雨傘的特徵，和認得**拾遺者**。」

「真不巧，那個替工昨天已乘郵輪去美國探親，現在應該在海上吧。」站長說。

「是嗎？太不巧了。」福爾摩斯有點失望。

「對了。」華生打岔問道，「警方在兇案現場有沒有撿到**雨傘**。」

「沒有。」福爾摩斯答道，「但

你問得好，這是**重要線索**。正正由於現場沒有雨傘，我們可以推論出**三個可能性**。」

① 蘭茜拿雨傘去找物主，在找到物主之前被殺，雨傘則被兇手取走了。

② 蘭茜找到物主，在歸還雨傘後回家，經過陋巷時被不知甚麼人殺了。

③ 蘭茜找到物主，在歸還雨傘後回家，經過陋巷時被跟蹤而至的物主殺死了。

「不過，我們可以通過**排除法**刪去第1點。」福爾摩斯分析道，「因為，兇手沒有誘因取走雨傘。就算他是劫匪，為何**錢包**不要，卻要一把**雨傘**呢？」

「有道理。」華生點點頭道。

「接着，如果我們排除這是**劫殺**或**仇殺**

的話，也可以刪去第2點。」

「那麼，就只剩下**第3點**了……」華生歪着腦袋說，「可是，雨傘的物主為何要殺死一個好心送上失物的人呢？」

「**殺人動機**可暫且不管，只要找到**物主**，就能找到**答案**。」福爾摩斯說，「所以，首先要做的，是追尋那個遺下雨傘的物主。」

「但**人海茫茫**，如何去找？」

「還用問嗎？當然是去兇案現場附近找啦。」福爾摩斯沒好氣地說，「第3點不是說了嗎？蘭茜找到物主歸還雨傘後走路**回家**，這正好表明，**那個物主**其實也住在**兇案現場**附近呀。」

「啊……」華生恍然大悟。

皇家狩獵會

在謝過站長後，福爾摩斯和華生乘地鐵去到保特蘭街站下車，以兇案現場為中心點，首先搜索5英里範圍內的街道。

「雖說雨傘的物主可能住在附近，但在街上這樣**走來走去**，能發現甚麼嗎？」走了個多小時後，華生不禁抱怨道。

「破案除了靠觀察和推理之外，就是靠兩條腿，線索往往是用腳踏出來的啊。」福爾摩斯拍拍華生的肩膀道，「我們百分之九十九的汗水可能都會白流，但只要有百分之一沒白流，或許就能破案呀。來！提起精神，繼續走吧。」

「百分之九十九嗎？我可能已流了百分之一百五十呢。」華生嘟噥。

「唔？」突然，福爾摩斯回過頭來，望向剛剛經過的一個門口。

「怎麼了？」華生問。

「那不是獵槍嗎？」福爾摩斯指着大門前面的一個木牌說。

華生一看，果然，在木牌上，有四枝獵槍的

浮雕，上面還寫着「皇家狩獵會」。

「嘿嘿嘿，我們那**百分之一**的汗水沒白流呢。」福爾摩斯打趣地說，「看來那把雨傘是屬於這所『皇家狩獵會』的會員呢。」

兩人老實不客氣，逕自開門走進這所「皇家狩獵會」。

「我日前乘地鐵時遇到**扒手**，幸好一個紳士把扒手抓住了。在混亂中，我還未來得及道謝，那位紳士已離開了。不過，我撿到他遺下的雨傘。」福爾摩斯向當值的職員撒了個謊，「剛才經過這裏，發現門口的**徽號**很眼熟，才記起那雨傘上也有這個徽號，所以冒昧地走進來，看看能否找到那位**見義勇為**的紳士。」

華生心想，福爾摩斯查案屬害，想不到**編故事**更屬害，在幾秒鐘之內就編出一個不但合

乎邏輯，而且還動聽的故事來。

「原來如此。」職員有禮地問道，「敝會會員入會時都獲贈一把雨傘作紀念，並且會在**傘柄**上刻上會員**姓名的縮寫**。請問你看到那個縮寫嗎？」

「有呀，縮寫是『W.W.』。」福爾摩斯說完，往華生打了個眼色，好像在說——看，馬上就查到了。

「有姓名縮寫就易辦了，你只要把雨傘送來，我可以代為**轉交**。」

「但我想親自向他道謝啊。你可以把他的姓名和住址告訴我嗎？」

「對不起，披露會員的**姓名**和**住址**在我的職權範圍之外，我需要請示一下。」說完，職

員轉身離開。不一刻,他又走回來,領着福爾摩斯和華生在走廊拐了個彎,走進了一個房間。

Dr.Michael Melliff

兩人一踏進去,就看到一個紳士坐在辦公桌後面,桌旁邊還有個畫架,擱着一幅畫。他看到兩人進來,就抬起頭來說:「我是**邁克爾**・

梅利夫，本會的副會長，請問兩位 **高姓大名**？」

「打擾了。」福爾摩斯為自己和華生報上 **假名**，然後道明來意。華生知道，在未找到目標人物之前，老搭檔都不會暴露 **偵探的身份**，以免對方起戒心。

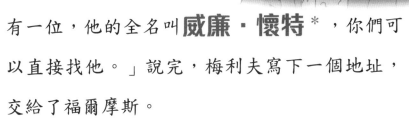

「啊，詳情已聽職員說過了。」梅利夫爽快地說，「姓名縮寫是『W.W.』的會員只有一位，他的全名叫 **威廉·懷特** *，你們可以直接找他。」說完，梅利夫寫下一個地址，交給了福爾摩斯。

「非常感謝你的幫忙，我終於可以親自向

*威廉·懷特＝William White

這位懷特先生道謝了。」福爾摩斯接過地址後，狡點地向華生一笑，好像在說——**嘿！你看，我們那百分之一的汗水真沒白流啊！兇手已在我的手上了。**

好像有點過於順利呢。

「這麼快就掌握到兇手的資料，好像有點過於順利呢。」華生心中掠過一絲**不安**。

皇家狩獵會副會長**梅利夫**看着福爾摩斯和華生離開後，他的額頭上一下子就冒出了好幾滴**汗**。

「好險……福爾摩斯在這裏再留多半分鐘，額上的**汗**一定會引起他的注意。」梅利夫心中噓了一口氣，「哼……竟然想用**假名**來騙我，幸好幾個月前在一個外交官主持的晚宴上見過他，否則真的會被他**騙倒**。」

梅利夫掏出手帕，輕輕抹去額上的汗珠，但緊張的心情並沒有平復下來。他知道已遇上了倫敦最強的**私家偵探**，對方竟然單憑雨傘上的**徽號**就能找到這裏來，證明此人非常難纏，自己必須小心應對。

但福爾摩斯怎會懷疑是**威廉・懷特**呢？

傘柄上的**縮寫**明明是……想到這裏，梅利夫連忙把案頭上的信紙拿過來一看，當信紙上那個**會徽**闖入眼簾時，他不禁驚叫起來：

「**啊**……原來如此……原來如此……我的運氣實在太好了……居然連著名的大偵探也**走漏眼**……」

不……我的運氣其實太差了，多年不見的**小雷**和**蘭茜**竟然**不約而同**地找上門來。而且，不遲不早，竟在我人生中最重要的時刻……

想到這裏，他的腦海中又浮現出蘭茜來訪的情景……

「這位先生，請問你是這裏的人嗎？」

梅利夫走到 皇家狩獵會 的大門口時，一個聲音在身後響起。

他轉身一看，一個矮矮胖胖的女人正站在眼下，於是問道：「我是這裏的 副會長，請問有何貴幹？」

「啊，沒甚麼。」那女人邊提起手上的 雨傘 邊說，「我是地鐵站失物認領處的職員，有人在地鐵車廂內撿到這把雨傘，我認得柄上的 徽號，就把它送來了。」

「那……那不是我昨天丟失了的雨傘嗎？」梅利夫看到女人手上的雨傘，心中不禁 暗地一驚。但他回心一想，馬上又鎮靜下來。他知道，這把雨傘與昨天 棄屍 一事並無任何關連，沒有必要慌張。

「先生，這是你們這裏的雨傘吧？」女人看見梅利夫沒回答，於是再問。

「啊⋯⋯是的。」梅利夫回過神來，連忙接過雨傘答道，「這雨傘應該是本會會員的**失物**，謝謝你親自送來。」

「你可以代我找到物主嗎？」女人再問。

「當然、可以、當然可以。」梅利夫**期期艾艾**地說。他心中雖然知道不必慌張，但一想起昨天的事，說話時仍難免有點**結結巴巴**。

「太好了！那麼，請你在這張 標籤 上簽個名，當作簽收吧。」那女人高興地說。看來，她並沒有察覺眼前這位紳士的 失措 。

「好的、好的。」梅利夫在口袋中掏出一枝筆，草草地簽了個名。

「呵呵呵！太好了！」那女人笑道，「麻煩你務必把這雨傘送到物主手上啊。再見！」

胖女人笑呵呵地正想轉身離開之際，忽然，她又停下來托起眼鏡，直勾勾地盯着梅利夫說：「先生，你好眼熟，好像以前在甚麼地方見過。」

「是嗎？不會吧，我並不認識你。」梅利夫生硬地堆起笑臉。

「呵呵呵，可能是我看錯了。」胖女人爽朗地擺擺手笑道，「你很像我以前認識的一個小孩子，想起來，現在也該是你這個年紀了。」

聽到胖女人這麼說，梅利夫心中一凛，那個揮之不去的景象迅即在眼前閃現！

那是**25年前**的一個早上。當時，他只有**10歲**，當他乘着馬車離開時，禁不住回頭一看，只見兩眼眶滿了淚水的蘭茜拖着**小雷**，使勁地向他揮手和呼喚：「**小米**！不用記掛着這裏，我會照顧好小雷的。你要好好地過新生活！一定要好好地過新生活啊！」

她……她是蘭茜！她是蘭茜！眼前的胖女人原來是蘭茜！

「啊，對了。」胖女人打斷了梅利夫的思緒，「我在貝格街地鐵站的**失物認領處**工作，說找**蘭茜**就能找到我。萬一，我是說萬

一啊。萬一找不到物主，請你把雨傘拿回來給我。再見！」說完，胖女人不太靈活地轉過身去，然後左搖右擺地走了。

「果然……她果然是蘭茜……」看着胖女人遠去的身影，梅利夫不禁茫然若失。

「她認得我……不，那是**25年前**的事了，只要我否認，她一定不敢肯定我就是當年的**小米**。」梅利夫的內心不斷地掙扎，「可是……萬一她有一天真的認得我，又走去調查我的**身世**，我該怎麼辦……？多年來的努力豈不*付之東流*？不可以這樣，

我絕不能讓這種事情發生！絕對不能！」

想到這裏，梅利夫趁蘭茜的身影還未消失，馬上快步跟了上去。

跟着她幹甚麼？跟着她有用嗎？

當然有用，只要知道她住在甚麼地方，就可想辦法令她噤聲。

她說過在貝格街站就可以找到她呀，何須跟蹤她？

不用多想，知道她住在哪裏，將來必定有用。

不！我約了會長和理事們開會，不趕回去就要遲到了。

傻瓜！開會遲些有何關係？想辦法對付她才更重要呀！

對付？怎樣對付？

見機行事吧，總之絕不可讓她揭露你的身份。

梅利夫的內心不斷**交戰**，想着想着，已跟在蘭茜後面走進了一條無人小巷。

機會來了！下手吧！

下手？下甚麼手？

傻瓜！還用說嗎？當然是殺人滅口啦！

殺人？蘭茜可是我的恩人啊！我怎可殺死她！

哼！恩人又怎樣？她是你的最大威脅，不把她除去，你又怎會睡得安寧？

不！我做不到……

怎會做不到？看！前面不是堆着一些磚塊嗎？

磚塊？你想怎樣？難道……

難道還用說嗎？你下不了手，就讓我來吧。

不！不可以！

少廢話！

不速之客

　　突然，梅利夫眼前泛起一抹**血紅色的漣漪**，當漣漪散去時，他看到蘭茜已倒在自己腳下。他登時雙腿發軟，整個人不由自主地跌坐到地上。這時，他才察覺自己的手上握着一塊染了血的磚！

「啊……我殺了人……我殺了蘭茜……」他嚇得連忙扔掉手上的磚，**跟跟蹌蹌**地站起來就走。可是，才走了幾步，一個聲音又在耳邊響起。

傻瓜！標籤上有你的簽名，你想留下證據讓警察來抓你嗎？

一言驚醒夢中人，梅利夫馬上走回蘭茜身邊，從她的口袋中取回標籤，看看巷頭和巷尾沒有人，才急急地離開。

傘柄上的縮寫

「沒想到那位 **威廉．懷特**先生竟然沒有遺失雨傘，還說一向不愛乘地鐵，只愛坐自己的馬車。」踏出懷特先生的大宅後，福爾摩斯不禁有點失望地說。

「嘿嘿嘿，看來我們那 **百分之一的汗水** 白流了呢。」華生乘機挖苦，「當懷特先生把他那把刻有『W.W.』的 **褐色雨傘** 拿來給你看時，你簡直呆了。」

「是嗎？我真的呆了嗎？」福爾摩斯尷尬地一笑。

「哈哈，蘭茜在登記冊上寫的是 **黑色雨傘** 嘛，但你看到的竟然是褐色的，當然呆了。」華生 **得勢不饒人**，「最好笑的是，當他說5月1日根本不在倫敦，還有好多人可以作證時，你簡直 **無地自容** 呢。」

「沒那麼誇張吧？我只是不知道皇家狩獵會竟然可供會員選擇不同顏色的雨傘，有點出乎**意料之外**罷了。」福爾摩斯斜眼看了看華生，「不過話說回來，如果那把消失了的雨傘不是他的，蘭茜為何在**登記冊**上特意寫上『W.W.』呢？」

「或許『W.W.』並非姓名的縮寫吧。」

「如果不是**姓名的縮寫**，又是甚麼？」

「誰知道，也許是蘭茜**看錯**了，甚至**寫錯**了吧。」

「看錯了……？或寫錯了嗎……？也有這個可能……」福爾摩斯咀嚼着

這句說話的含意似的，自顧自地輕聲地呢喃。

不一刻，他突然**驀然驚醒**似的叫道：「啊……你說得對！**蘭茜是看錯了，所以登記時寫錯了！**」

「我只是隨便說說罷了，你不必那麼認真啊。」華生有點**受寵若驚**。

「不！你說對了。」福爾摩斯肯定地說，「蘭茜已50歲，一定有**老花眼**，看近的東西時不容易看清楚。所以，她在登記冊上，也寫錯了。」

　　華生瞥了福爾摩斯一眼，懷疑地問：「你是不是自流了百分之一的汗水，心中有點不服氣，所以硬要說蘭茜看錯了？證據呢？」

　　「嘿嘿嘿，證據嗎？」福爾摩斯狡黠地一笑，「皇家狩獵會的會徽就是證據呀。」

　　「甚麼意思？」華生不明所以。

　　「你記得嗎？那個會徽仿似倒影一樣，由4枝獵槍和兩個皇冠組成。所以，就算把那個會徽倒轉來看，也難以察覺倒轉了。」福爾摩斯解釋道，「有趣的是，雨傘不像手杖，是一種難分正反的東西。當你

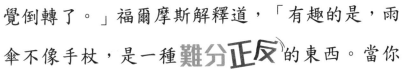

把雨傘收起來拿着時，會像手杖那樣尖端向下，手柄

向上。可是，當下雨時把雨傘撐起來後，傘尖就會向上，**傘柄向下**。所以，雨傘正反難分，全看你使用時的狀態。」

「那又怎樣？跟『W.W.』有甚麼關係？」華生仍然摸不着頭腦。

「當然有關。」福爾摩斯說，「當蘭茜檢查傘柄上的會徽時，如**看的方向不同**，得出的**結果也會全然不同**啊。」

華生想了想，終於醒悟：「啊！我明白了。由於會徽倒轉看時形狀也一樣，如果蘭茜把雨傘倒轉來看的話，看出來的**英文縮寫也會倒轉**了！」

「沒錯，由於她老花眼，很難分辨英文字母

右下角的『.』。所以，她看到的縮寫其實不是『W.W.』，而是『˙W˙W』——倒轉了的『M.M.』。」福爾摩斯眼底閃過一下寒光，「消失了的雨傘的物主，並非威廉·懷特先生，而是英文姓名縮寫是『M.M.』的人！」

「啊……那麼說的話，豈不是——」

「對！」沒待華生說完，福爾摩斯已搶道，「皇家狩獵會的副會長邁克爾·梅利夫（Michael Melliff）的英文縮寫正是『M.M.』！」

M.M. = Michael Melliff =

「原來那把消失的雨傘是屬於他的，蘭茜要找的物主竟然就是他！」華生不敢置信。

「不，要確定他是否物主，還要找會員名冊看看，因為姓名縮寫是『M.M.』的會員可能不只他一個。」

「有道理。」華生領首，「但如何取得名冊？」

「剛才不是認識了懷特先生嗎？」福爾摩斯咧嘴笑道，「我會問他有沒有會員名冊，如果有的話，就向他借來一看。然後，暗中調查所有姓名縮寫是『M.M.』的會員。」

「那位懷特先生對你似乎沒有好感，他怎會把名冊借給你？」華生感到疑惑。

「嘿嘿嘿，我已想到辦法了。這個包在我身上。」福爾摩斯**別有意味**地一笑。

第二天，福爾摩斯**興高采烈**地回到家中，揚一揚手中的冊子，向正在喝下午茶的華生說：「哈哈，名冊到手了。」

「好厲害！」華生驚訝地問，「你用甚麼方法騙來的？」

「別胡說，是懷特先生**心甘情願**借給我的。」福爾摩斯笑道，「你昨天沒看見他愛抽雪茄嗎？我**投其所好**，帶了一盒古巴的**名牌雪茄**去向他陪罪，輕易就取得他的信任，把名冊借來了。」

「原來如此。」華生知道老搭檔的拿手好戲就是「投其所好」。他記得在《肥鵝與藍寶石》*一案中，福爾摩斯也是用這一招套取了家禽攤檔的客戶資料。

「不僅如此。」福爾摩斯說，「我還順便打探了一下那個副會長邁克爾·梅利夫的背景。原來，他現年 **35歲**，這個月底就要結婚，新娘還是狩獵會會長的千金呢。」

「打探這些來幹嗎？最緊要是看看有多少個姓名縮寫是『M.M.』的會員呀。」華生沒好氣地說。

「這個還用說嗎？我早已在乘地鐵回來時看

註：詳情請閱《大偵探福爾摩斯③肥鵝與藍寶石》。

過了。」福爾摩斯拍了拍手上的名冊，拔高嗓門說，「姓名縮寫是『M.M.』的只有一個，就是**邁克爾‧梅利夫**！」

華生詫然：「這麼說的話，疑犯只有他一個？」

「對。此外，我從懷特先生那裏得知，兇案發生的**5月2日**黃昏6點鐘左右，皇家狩獵會正好召開理事會，而從不遲到的梅利夫卻**遲了半個小時**才抵達，令會長——即是他的未來外父——不太高興呢。」

「啊……這麼說的話，梅利夫是為了謀殺蘭

茜而遲到！」

「這些跡象都顯示，他應該就是那**雨傘的物主**，但現階段不宜打草驚蛇，只須暗中調查他就行了。他是個醫生，你可以利用醫學界的人脈關係來調查他。」

「你怎知道他是醫生？」華生問。

「哎呀，昨天沒看到他桌上的**名牌**嗎？上面寫着『Dr. Michael Melliff』呀。」福爾摩斯沒好氣地說，「我不是常說嗎？你光在看，但我在——」

「好了、好了，我知道你想說甚麼了。」華生搶道，「**倫敦醫學界**的圈子不大，就由我來負責吧。」

「那麼，我再找貝格街地鐵站的站長談談，看看能否在地鐵站內**張貼告示**，找出那個把雨傘送到失物認領處的**拾遺者**。」福爾摩斯說，「如果那個拾遺者經常出入貝格街地鐵站，應該會看到告示的。」

「找到那個拾遺者又如何？有用嗎？」華生問。

「不知道有沒有用。」福爾摩斯說，「但一切由那把**雨傘**而起，凡是接觸過雨傘的人，我們都必須調查。而且，找到那個拾遺者的話，起碼可以知道他是在列車行經哪個站時撿到的，這對我們調查**物主的行蹤**或許有點幫助。」

→ 拾遺者 → 物主的行蹤

雨傘與雜誌

　　果然**不出所料**，告示貼出來後，那個拾遺者第二天就露面了。他是個40多歲的大學教授，在站長的介紹下，福爾摩斯知道他名叫**卡根**。

　　「**5月1日**那天晚上的**9點鐘**左右，我在**皇家橡站**上車，找到座位坐下時，就看到一把雨傘擱在一個空着的座位旁邊。」卡根先生憶述，「我初時以為物主走開了，但列車過了幾個站，仍沒有人回來，就知道那是乘客遺下的了。於是，我在貝格街站下車時，順便把那雨傘交給了 失物認領處 的職員。」

　　「原來如此。」福爾摩斯點點頭，「那麼，你有沒有注意到雨傘上的特徵？」

　　「特徵嗎？」卡根先生答道，「那是一把**黑色的雨傘**，手柄和布料都是上等貨色，一看就知道是一把名貴的雨傘。」

「你沒看到傘柄上刻着的**徽號**嗎？」福爾摩斯問。

「徽號嗎？我沒注意看啊。」卡根先生歪着腦袋沉思片刻，突然想起甚麼似的說，「**呀！**差點忘記了。我在撿走雨傘的同時，還撿走了**一本雜誌**，一起交給了這兒的職員。」

「雜誌？」福爾摩斯眼前一亮，「你的意思是，那本雜誌是屬於**同一個物主**的？」

「大概是吧。」卡根先生搔搔頭說，「**雜誌就放在擱着雨傘的那個座位上**嘛，應該是同一個乘客遺下的。看來，那乘客離開時頗匆忙呢。」

福爾摩斯轉過頭去向站長問

道：「站長先生，我記得**5月1日**的失物中有一本雜誌，可以拿來給卡根先生看看嗎？」

「可以呀。」站長說着，從放在架子上的一個籃子中掏出一本雜誌。

卡根先生接過雜誌一看，想也不想就說：「就是這本，我認得它的**封面**。」

「讓我看看。」福爾摩斯從卡根先生手上拿過雜誌，仔細地翻了一遍後，抬起頭來說，「我要把這本雜誌交給**蘇格蘭場**，因為，這是破解蘭茜被殺案的**重要證據**！」

　　福爾摩斯帶着那本雜誌，匆匆忙忙回到貝格街221號B，準備叫華生一同出發到蘇格蘭場去。他一踏進門口，華生已興奮地向他叫道：「**不得了！不得了！** 我找到非常重要的線索！」

「甚麼重要線索？」

「原來梅利夫出生於**南非開普敦**，在 10

歲時才跟父母移居**德文郡***的**伊爾弗勒科姆****。」

「真的嗎?」福爾摩斯大吃一驚。他記得貝格街地鐵站的站長說過,蘭茜年輕時居於**開普敦**,難道⋯⋯

「沒錯!」華生已猜到老搭檔在想甚麼,「蘭茜和梅利夫都曾在南非開普敦住過,他們很可能是**互相認識**的!」

「唔⋯⋯開普敦是個大城市,兩人雖然同時在當地獃過,但不能**一口咬定**就說他們互相認識。」福爾摩斯沉思片刻後續道,「不過,

*德文郡(DEVON):位於英國英格蘭西南部的一個郡。
**伊爾弗勒科姆(ILFRACOMBE):德文郡內的一個海濱小港。

一個嫌疑犯與一個受害人於同一時期在同一個地方居住過，也可能並非偶然……蘭茜曾任職**孤兒院**，如果她真的認識梅利夫，或許就在孤兒院。」

蘭茜 → 孤兒院 ← 梅利夫

「**啊！難道梅利夫是個孤兒？**」華生說完，又搖搖頭否定，「不，他有父母，又怎會是個孤兒？」

「這倒難說，不育的夫婦都喜歡收養孤兒，或許梅利夫只是個**養子**。當然，這純屬推測，我們必須掌握實證才能下定論。」

「好！我再深入調查一下。」華生問道，「你那邊呢？找到甚麼**線索**嗎？」

「找到這個。」福爾摩斯說着，把手中的**雜誌**遞過去。

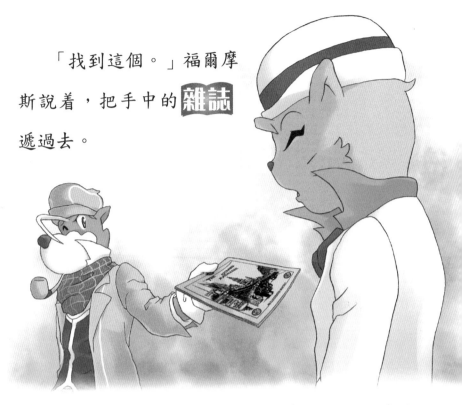

「啊？這本雜誌好眼熟？」華生想了想才恍悟，「呀！我記得在 **失物認領處** 見過它。」

「你的觀察力和記憶力有進步呢。」福爾摩斯狡點地一笑，「不過，除了在失物認領處之外，你應該還在**別**的地方見過它。」

「是嗎……？」華生搔搔頭，卻想不起來。

Dr.Michael Melliff

　「忘了？」福爾摩斯沒好氣地說，「在**皇家狩獵會**與梅利夫見面時，同一期雜誌不就擱在他的**桌上**嗎？」

　「真的？我沒注意看啊。」華生尷尬地說。

　「哎呀，你實在太大意了。這是非常重要的證據啊。梅利夫桌上有這本雜誌，顯示他是它的**讀者**。而在失物認領處找到的這一本，應該是他在忘記拿雨傘時一同遺下的。」

　「不、不、不，這不合邏輯啊。」華生質疑，「如果他**遺失**了這本雜誌，怎會又**出現**

在他的桌上呢？」

「哎呀，你太不了解這本雜誌的讀者了。」

福爾摩斯說，「你知道嗎？它是本地最流行的

月刊，當中的**偵探小説**非常好看，很多讀者

為了看最新一期的故事，每個月的1號天沒亮就

會去報攤**搶購**。如果你是讀者，又遺失了一期

的話，會不會馬上去**補購**？」

「啊……你的意思是，梅

利夫桌上

那本是事

後**補購**

的。」

「對。」福爾摩斯揚一揚手上的雜誌，眼底閃過一下**寒光**，「只要能證明這本是他與雨傘一同遺下的，就能間接地證明**雨傘的物主**也是他。這麼一來，已可證明蘭茜在案發當晚要找的物主就是他。如果那把雨傘在他手中，那麼，他就是殺人嫌犯！」

「你的推理確實**無懈可擊**。」華生點點頭，但又馬上問道，「這雜誌這麼受歡迎，它的發行量一定很大。你又如何證明你手上那一本是屬於梅利夫的呢？」

「嘿嘿嘿，指紋呀，驗一下上面的**指紋**，不就知道了嗎？」福爾摩斯狡黠地笑道，「而

且，除了指紋之外，裏面還留下了一樣叫人意想不到的線索呢。」

「是嗎？每本雜誌不是都一樣嗎，怎會有線索？」華生隨意打開雜誌翻閱，當他翻到一個題為「疑難與謎題」的專頁上時，他的手突然止住了。

「看到了吧？」福爾摩斯別有意味地笑道，「但去到蘇格蘭場時，千萬別把這個發現告訴李大猩和狐格森啊，我留着它有用。」

數字的筆跡

「已給化驗員用顯微鏡仔細地看過了，他說這本雜誌的**紙質粗糙**，就算被人觸摸過，也不會留下**指紋**。」狐

格森的說話令福爾摩斯和華生都感到意外。

「嘿嘿嘿，不是每次都可以依靠指紋來破案啊。」李大猩乘機出言**嘲諷**。

「對。」狐格森也附和。

華生看得出，這對蘇格蘭場的**活寶貝**從福爾摩斯口中得悉蘭茜一案的細節後，顯然感到萬分驚訝，但與此同時，一定對又一次被福爾摩斯**捷足先登**而感到非常沒趣。

「頭腦，破案最可靠的還是頭腦。」李大猩指着自己的腦袋，**幸災樂禍**地說道，「以前我們不懂得利用指紋時，還不是靠精密的頭腦嗎？」

「是的，你是蘇格蘭場最聰明的警探，當然是靠**頭腦**啦。」福爾摩斯笑道。

「哈哈哈，你知道就好了。」李大猩自鳴得意。

華生斜眼看了看老搭檔，心想：「這招假意吹捧果然屢試不爽，李大猩每次都很受落呢。」

「沒有指紋的話，這本雜誌還會有甚麼線索呢？」福爾摩斯故意在李大猩面前打開那頁「疑難與謎題」，裝傻扮懵地呢喃。

「啊！」李大猩往雜誌瞥了一眼，馬上一手奪過雜誌。

「怎麼了？」狐格森問。

「你看！這裏寫着一連串**數字**呢！」李大猩看着雜誌的 頁邊 說。

李大猩 **所言不虛**，在頁邊空白的地方果然寫滿了一組組的數字。

「看來是數學謎題的 答案 呢。」福爾摩斯也故作詫異地說。

華生這時才恍然大悟，老搭檔說「留着有用」，原來又是用來奉承李大猩，看來又是為了爭取他的協助。

「**哇哈哈！** 我真厲害！隨便看一眼，就找到了線索。」李大猩大喜，「你們知道嗎？這叫 精密的觀察！」

「對，你們只**在看**，我們是在**觀察**。」狐格森也臉不紅耳不赤地附和。他大概忘記了這句話是福爾摩斯的**口頭禪**。

李大猩摸摸下巴，煞有介事地分析：「唔⋯⋯只要把這些手寫的**數字**與梅利夫的**筆跡**對照一下，就能知道他是否這本雜誌的物主了。」

「是的。」福爾摩斯又**裝模作樣**地自言自語，「只須不動聲色地假裝成病人，請他寫一張**病假單**來套取筆跡就行。可是，對演技要求這麼高的差事，由誰去辦才好呢？」

「我！」李大猩和狐格森同聲搶道。

「你？」李大猩罵道，「你的演技那麼差，不怕**露餡**嗎？」

「甚麼？我的演技差？」

狐格森高聲反駁，「我唸小學時演過《雪姑七友》，受過專業訓練！」

「笑死人！小屁孩玩的話劇竟敢說是專業？不害羞嗎？你有空該去調查那宗屍體失蹤案。雜誌上的手寫數字是我發現的，套取筆跡當然由我來負責。再見！」李大猩說完，也不理狐格森的拉扯，一個急轉身就走了。

「豈有此理！」狐格森看着搭檔遠去的身影，憤憤不平地罵道，「臭猩猩專門欺負我，難的案子就丟下不管，專挑容易的去查。」

「**屍體失蹤案？**是甚麼樣的案子？」福爾摩斯好奇地問。

「那是**5月1日**晚上發生的案子。在**諾丁山地鐵站**附近的殮房，有一具流浪漢的屍體不見了。」狐格森說，「據說他**無親無故**，死因也無可疑，就是不知道偷屍賊是誰。」

「好奇怪的案子呢。」華生說。

「是啊，實在太奇怪了，但局長卻反而很感興趣，一定要我們查個**水落石出**。」狐格森垂頭喪氣地說，「當我們正準備深入調查時，**5月2日** 又發生了蘭茜的命案，簡直**分身不暇**啊。」

「辛苦你啦。」

福爾摩斯話鋒一轉，問道，「對了，你們搜查過蘭茜家嗎？有沒有甚麼發現？」

「搜查了啊，沒甚麼發現，只是找到了她的一些**信函**和**照片**。」

「信函和照片？可以借來看看嗎？」

「可以呀。」狐格森說完，就走去檔案室拿

來了一個公文袋。

　　福爾摩斯翻看了一下，其他都沒甚麼特別，當他拿起當中一張已發黃的**明信片**時，卻不禁赫然一驚。

　　「怎麼了？」華生問。

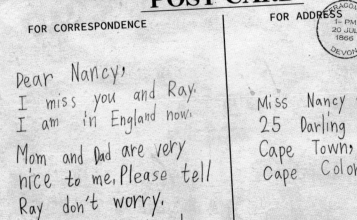

「你們看，郵戳上顯示，這張明信片於**1866年7月20日**寄往**開普敦**。而且，寄出地是**德文郡**的小港口**伊爾弗勒科姆**。」

「啊⋯⋯這不就是梅利夫小時候移居的地方嗎？」華生駭然。

「對，有了這張明信片，我們已幾可肯定蘭茜與梅利夫是認識的。」福爾摩斯說，「此外，明信片上寫着：『**親愛的蘭茜：我很想念你和小雷。我已到英國，爸媽對我都很好，請告訴小雷，叫他不用擔心。**』信上的筆跡幼嫩，看來是小孩子寫的。」

「難道這是小時候的梅利夫寫的？但上面的署名是 *Miguel*（馬吉爾），並不是 *Michael*（邁克爾）呀。」華生說。

「Miguel（馬吉爾）是**西班牙文**，相當於英語中的Michael（邁克爾）。此外，明信片中說『**爸媽對我都很好**
Mom and Dad are very nice
to me.』，你不覺得這個寫法有點奇怪嗎？」

「確實有點奇怪……父母對子女好是**理所當然**的呀，這個寫法像是**假設蘭茜擔心父母對他不好——**」華生說到這裏突然張大嘴巴，止住了。

梅利夫
10歲
（1866年）
↓
移居
德文郡
↓
寄出
明信片
（1866年）

「你終於明白了？」福爾摩斯神色凝重地說，「如果梅利夫是個剛被**收養的兒子**，他這樣寫就很合乎常理。此外，你不是說

過嗎？他 **10歲** 時從開普敦移居德文郡，而他現年 **35歲**，今年是 **1891年**，他10歲時就是 **1866年**，正好吻合郵戳上的年份。就是說，他於1866年某月隨養父母移居德文郡，並於同年7月20日寄出這張明信片向蘭茜 **報平安**。」

「啊……蘭茜曾在孤兒院工作，而孤兒院正是提供收養兒童的好地方。由此看來，梅利夫是個 **孤兒**，他在孤兒院與蘭茜認識。但1866年距今已25年……蘭茜竟把 **明信片** 保存了這麼多年。

看來……她還掛念着小時候的梅利夫。但梅利夫怎會……怎會把一個掛念着他的人殺死呢……？」華生不禁黯然。

「對！實在太**沒有人性**了，絕不可放過他。」狐格森精神為之一振，「馬上去抓他來問話吧！」

「且慢。」福爾摩斯連忙攔阻，「**表證**雖然成立，但我們並未證實這張明信片是梅利夫寄出的。就算證實了，也不能憑此斷定他在兇案發生當晚見過蘭茜。」

「那怎麼辦？坐在這裏**乾等**嗎？」狐格森焦急地問。

「對，只能乾等，等我們的大幹探李大猩回來！」

雜誌上的記號

3個小時後，李大猩**不可一世**地走進來，把一張病假單「**啪**」的一聲拍在桌上，**神氣十足**地說：「哇哈哈，我說肚子隱隱作痛，那傢伙竟然**信以為真**，輕易就讓我拿到他的**筆跡**了。」

「是嗎？太好了！」福爾摩斯連忙拿起病假

紙對照了一下雜誌上的**數字**，可是，他的臉上在剎那間已被一抹陰霾籠罩了。

「怎麼了？不對頭嗎？」李大猩急切地問，「我親眼看着那傢伙寫的呀。」

福爾摩斯搖搖頭說：「假紙上寫着今天的日期6 May, 1891，已有足夠數字筆跡可供對照。但就算是行外人也可看出，雜誌上的筆跡與病假單上的完全不同，不可能出自同一人的手筆。」

「甚麼？那豈非**功虧一簣**？」李大猩氣得直跺腳。

「如果這本雜誌不是梅利夫的話，就不能證明失物登記冊上的**雨傘**是他的，更不能證明他在兇案發生當晚曾見過蘭茜。」華生有點泄氣地說。

雜誌上的記號

「是的……」福爾摩斯皺起眉頭想了想，「但實在太奇怪了，**如果這本雜誌是另一個人的，為甚麼會與梅利夫的雨傘遺留在同一個座位上呢？**不行，我要再仔細地檢視一下這本雜誌，看看能否找到其他線索。」說完，他坐下來，用放大鏡每頁逐一細看。

看着我們的大偵探默默地檢視了半個小時，李大猩不耐煩地說：「哎呀，除了手寫上去的**數字**之外，每本雜誌不都是一樣的嗎？又能找到甚麼？」

「嘿嘿嘿，你雖然說得對，但**皇天不負有心人**，終於給我發現這本雜誌的特點了。」福爾摩斯抬起頭來笑道。

「甚麼特點？」李大猩問。

「它的**印刷質量**。」

「印刷質量？甚麼意思？」華生問。

「你們看，這本雜誌的字體印得比較模糊，應該是鉛版上的**字粒**印到最後階段

被 **磨蝕** 了。」福爾摩斯解釋道，「所以，只要到印刷廠調查一下，或許能知道這是屬於 **哪個批量** 的雜誌。」

「知道是哪個批量有用嗎？」狐格森問。

「可能沒有用，但也可能憑此查出這批雜誌批發到哪

個地區去，並找到賣出這本雜誌的 **報販**。」

「聽來有點像 **大海撈針** 呢。」華生沒有信心地說。

四人抱着 **姑且一試** 的心情去到 **印刷廠**，找到了廠長。

胖胖的廠長看了看雜誌的頁面，就肯定地說：「這確實是印到最後一批的雜誌。」

「那麼，這個**批量**有多少？有辦法找到賣出這本雜誌的報販嗎？」福爾摩斯問。

「這一期雜誌印了15萬本，看這本的模糊程度該屬於**最後的一萬本**，很難找到是哪個報販賣出的啊。」胖子廠長有點困惑。

「是嗎？」福爾摩斯不掩失望。

「不過……」胖子廠長想了想又翻開雜誌，並翻到那頁「**疑難與謎題**」的專欄去，好像要找錯字似的逐行檢視。

福爾摩斯四人不知道他在幹甚麼，但也不敢打擾，只好**屏息靜氣**地等待。

「哈！你們太幸運了。」不一刻，胖子廠長抬起頭來笑道，「這是最後一批的 **一千本**，問一下批發部就知道發到哪個地區去了。」

「你怎知道是最後一千本？」福爾摩斯詫異地問。

「你們看，這個『7』字是不是比其他字都清晰？」胖子廠長指着頁面上的一個數字說，「我記得印到最後一千本時，原本的『7』字上面崩缺了，看起

only restriction tha
e counter may neve
n the same straigh
st move can only b
from 9 or 10 to 7.

來變成『1』字。所以，只好在活版上換上一個 **新鑄** 的『7』字來代替。一般來說，為免印刷成本增加，

如果通過 **上文下理** 也能理解文句的話，我們是不會這樣做的。」

「我明白了。」福爾摩斯欽佩地說，「由於這是數學謎題，**數字**絕對不能錯的，所以你們必須拆去崩缺了的字，換上新的**鉛字**。」

「對，就是如此。」胖子廠長說完，就往批發部問了一下，很快就查出那一千本的去向，「那一批雜誌發給了**諾丁山**的分判商**東尼駝**先生，再由他發到那一區的幾十個報攤。」

雜誌上的記號

　　四人**馬不停蹄**，在諾丁山地鐵站旁的報攤找到了東尼駝，叫他們大感意外的是，他拿起雜誌看一看，想也不想就說：「**這是我賣出的雜誌。**」

　　「真的嗎？你竟然認得？」李大猩訝異地問。

　　「當然囉。」東尼駝指着雜誌**脊位的下方**

說，「我在這裏畫了~~兩畫~~嘛。」

　　四人茫然，完全摸不着頭腦。

　　「哈哈哈，不明白吧？」東尼駝笑道，「有些客人想看雜誌但又想**省錢**，就在上班時買下雜誌，看完後在下班時以半價退回給我。然後，

客人A上班買下雜誌

↓

下班時半價退回雜誌

↓

東尼駝回收雜誌後

↓

賣給客人B

我以**正價**賣給下一個客人，再賺一次。不過，我只回收自己賣出的，為免客人**魚目混珠**，就在脊位下方畫兩畫作記認。」

福爾摩斯恍然大悟：「難怪那些**筆跡**不同了！一定是**第一個客人**買了雜誌後，在玩數學謎題時隨手在頁邊寫上**答案**，然後在下班時以半價退回給東尼駝先生。接着，東尼駝先生把這本雜誌賣給**下一個客人**梅利夫。所以，頁邊的數字根本就不是梅利夫寫的，筆跡當然不同。」

「甚麼？頁邊寫上了謎題的答案嗎？」東尼駝沒好氣地說，「一定是米爾幹的好事，他是我的**熟客**，每次都是雜誌出版當天就來購買。

他最喜歡玩數學謎題，已不只一次**畫花**我的雜誌了。」

「是嗎？那麼，你記得把米爾看過的這本雜誌**再賣給了誰**嗎？」福爾摩斯緊張地問。

「唔……除非再看到那個人吧，否則很難記起來啊。」

福爾摩斯掏出從會員名冊上剪下來的**照片**問：「最後買下這本雜誌的會不會是這個人？」

東尼駝看了看照片，歪着腦袋說：「有點印象，因為米爾那天把雜誌拿回來時已很晚，我還怕賣不出去呢。不過，米爾剛走，就有一個**高高瘦瘦的紳士**在進站前把這本雜誌買走了。」

「拜託，請你再仔細地檢視一下，看看是否就是這個人。」福爾摩斯再把**照片**塞到東尼駝面前。

他的身上有股消毒藥水的氣味。

「**唔……**」東尼駝眯起眼睛**端詳**了一會，終於以肯定的語氣道，「是他，就是這個人。我還記得，他的身上有股消毒藥水的氣味。」

「啊！」華生、李大猩和狐格森三人同聲驚呼。不用說，他們都想起了，梅利夫是個醫生，身上有消毒藥水的氣味正合乎邏輯！

東尼駝看到四人驚愕的樣子，禁不住問：「你們好像很緊張呢，在查甚麼可怕的案子嗎？」

「是一宗兇殺案。」狐格森答道。

「**兇殺案？哇！**」東尼駝做了一個誇張的表情，「一個小時前，鄰街殮房的下水道裏也發現了一具腐屍啊。倫敦變得越來越血腥了。」

「甚麼？」狐格森與李大猩面面相覷，呆了半晌才同聲叫道，「**消失的屍體！**」

消失的屍體

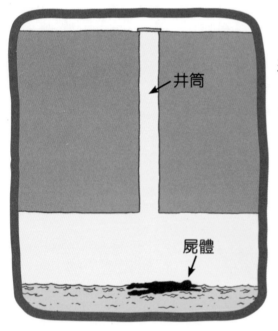

井筒

屍體

雖然與福爾摩斯和華生無關，但兩人也隨蘇格蘭場孖寶幹探去看看。

到殮房一問，果然**不出所料**，驗屍官已確認藏在殮房地下水道裏的腐屍，正是那具於**5月1日**晚消失的流浪漢的屍體。看來，是有人在職員下班後潛入殮房，並把屍體丟到**下水道**去。棄屍者可能以為屍體會被水沖走，但近日

雨量不足，下水道的水很淺，屍體就一直擱在井筒下方腐爛。幾日後，臭氣通過井筒傳到殮房，屍體就被發現了。

但叫福爾摩斯四人驚訝不已的是，那個流浪漢的名字竟然叫做「阿雷*」——與明信片上提及的名字相同！不僅如此，殮房職員更供稱，屍體於5月1日早上送到時，他口袋裏有一張

梅利夫診所的名片。但殮房當天派員去診所查問，梅利夫卻聲稱並沒有阿雷看病的記錄，也不知道他是誰云云。

「從種種跡象看來，毫無疑問，這兩宗案子是有關連的。」福爾摩斯分析道，「我推測

*阿雷=Ray

梅利夫犯案的經過是這樣的——」

5月1日	殮房通知梅利夫，在流浪漢阿雷的屍體上找到一張其診所的名片。但梅利夫否認認識阿雷。兩人的關係不明。 梅利夫悄悄去殮房把阿雷的屍體丟到下水道去，卻在殮房沾上了消毒藥水的氣味。但其棄屍動機不明。 他離開殮房後，到附近的諾丁山站乘地鐵，當經過站外的報攤時，買了一本《The Strand Magazine》，報販東尼駝聞到他身上有消毒藥水的氣味。 他下車時，大意地把雜誌和雨傘遺留在座位上
5月2日	蘭茜把雨傘歸還，梅利夫卻在陌巷中把她殺了。為此，他出席皇家狩獵會的會議時，遲到了半個小時。但他的殺人動機不明。

「有三個不明的地方呢。」華生說。

「對。」福爾摩斯說，「不過，我們已有足夠證據把他召來問話，看看他如何辯解。」

福爾摩斯四人都沒料到，他們毋須嚴詞質問，梅利夫已在瞬間崩潰了。他承認了殺人，並詳細道出殺人的動機。

原來，蘭茜年輕時任職於南非開普敦一間專門收容混血兒的孤兒院。梅

利夫與弟弟小雷在兩三歲時就被送到那裏，蘭茜
看着他們長大，也看着他們隨**養父母**離開。

　　梅利夫的父親是被派駐當地的英國公務員，
他的母親則是有一半**西班牙血統的南非
人**。父親被調回英國時**不辭而別**，母親把他
們兩兄弟送到孤兒院後，也自此失去了聯絡。

「我移居英格蘭的德文郡後，養父母把我**視如己出**，並叫我千萬不要提及自己的**出身**，以免受到別人的**歧視**。」梅利夫垂頭喪氣地說，「我嚴格遵守這個囑咐，由小學至大學，沒有人知道我是**混血兒**。我下個月要結婚了，外家有貴族血統，他們並不知道這個秘密。因為，倘若混血兒的身份暴露了，他們一定會**解除婚約**，我在上流社會也混不下去。」

「你怕蘭茜認出你的身份，所以就**殺人滅口**？」福爾摩斯問。

「我⋯⋯我沒想過要殺她⋯⋯但腦袋中響起

一個**魔鬼似的聲音**，不斷地叫我……叫我動手……當我回過神來時……蘭茜已倒……已倒在我的腳下了……」

「哼！詭辯！」李大猩怒喝，「那麼你的弟弟阿雷呢？你為何要**毀屍滅跡**？」

「小雷嗎……？」梅利夫**茫然若失**地看一看李大猩，「我與小雷……已20多年沒見面，接到殮房的通知時，我嚇了一跳，但又不敢承認與他的關係……但他是我的**親弟弟**，就算死了，我也想見他一面……」

「於是，你就在夜裏偷偷走去看他的屍體？」華生問。

「是……我本想看一看他的**遺容**就離開。可是……那張 **名片** ……那張名片叫我不放心。我不知道警方會不會在驗屍後找我去問

話。」

「你為何有這個擔心？阿雷是死於**突發性心臟病**，與你無關呀。」福爾摩斯問。

「是的……他的死……他的死與我無關，但我擔心驗屍時，警方會發現他是個**混血兒**。他的樣貌……雖然與我一樣，很難看出是混血兒。但是，通過檢驗**頭骨**的形狀，就會察覺他不是純種**英國赤狐**……我只能……我只能……」

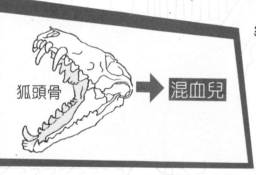

狐頭骨 ➔ 混血兒

福爾摩斯四人聽到這裏，已完全明白了。梅利夫害怕警方查出阿雷是他的弟弟，更害怕弟弟的屍體特徵，會令他的不純正血統曝光，於是就**狠下心腸**企圖**毀屍滅跡**。

「但他是你的**親弟弟**呀，雖然他已死了，但你怎忍心像丟棄一隻**死老鼠**那樣，把他丟到骯髒的下水道去呢？你還有人性嗎？」狐格森難忍憤怒地問。

「還有，你剛才說20多年沒見弟弟，可是殮房職員卻在他身上找到你**診所的名片**，顯示他曾經找過你呀。」福爾摩斯問。

「不⋯⋯小雷從沒找過我。」梅利夫搖搖頭說，「養父母要我**切斷**與孤兒院的關係，不准我與弟弟**通信**。我寫信向蘭茜報平安後，就與孤兒院斷絕了**音信**。所以⋯⋯我並不知道小雷已移居英國。」

「可是，為何阿雷會有你診所的名片呢？」華生問。

「我不知道⋯⋯或許他是在診所的**接待處**拿的吧⋯⋯但⋯⋯我不知道他為甚麼不找我⋯⋯對⋯⋯他為甚麼不來找我⋯⋯？如果他找我，我可以**接濟**他的呀⋯⋯」梅利夫**喃喃自語**，兩眼充滿了悲傷。

「對了，你剛才說曾向蘭茜寫信報平安，是否就是這張**明信片**？這是在蘭茜的遺物中找到的，她保存了足足**25年**。看來，她一直忘

不了當年那個**小孤兒**呢。」說着，福爾摩斯把明信片遞了過去。

梅利夫驚愕地看着那張已經**發黃的紙片**，看着上面那幼嫩的筆跡，不一刻，他的淚水如決堤般**奪眶而出**，嗚嗚痛哭起來。

「蘭茜⋯⋯

對不起⋯⋯

對不起⋯⋯

我對不起

你⋯⋯」梅利

夫全身劇烈地顫抖，哭得**泣不成聲**。

最後，福爾摩斯還問清楚梅利夫在車廂遺下雨傘和雜誌的原因。原來，他在殮房棄屍後，**在諾丁山站**買了每月必看的雜誌上車回家，但列車開到**皇家橡站**時，卻看到一個朋友上車。為免被熟人看到，他匆匆忙忙地下了車，連雨傘和雜誌也忘記了。

背後的真相

在梅利夫認罪後，警方向南非開普敦發了電報調查，證實了阿雷與梅利夫的**兄弟關係**，並得悉阿雷在梅利夫移居英國兩年後，也被一對來自英國的夫婦**收養**了。

可是，阿雷移居倫敦不久就暴露了**混血兒**的身份，故自小被同學欺負，罵他是「**雜種**」，叫他「**滾回南非去**」。他受不了種種侮辱，未唸完中學就離家出走，後來更因染上**毒癮**而流落街頭。

一個星期後，警方發報了破案的消息。由於案情太過奇詭，報紙爭相報道了這個消息，輿論更一致認為應該把**忘恩負義**的梅利夫問吊，看來他已難逃一死。

晨光照進了貝格街221號B，福爾摩斯與華生看過早報後不禁搖頭歎息。

「看到阿雷自小的遭遇，我終於明白他為何不去找哥哥**相認**了。」福爾摩斯說，「看來，他是為了保護已晉身上流社會的哥哥，不想哥哥暴露**混血兒的身份**，像他一樣遭到歧視。」

「梅利夫卻把他的屍體棄如敝屣。」華
生遺憾地說，「一個上流社會的精英落得如此
下場，實在令人惋惜。」

「要是這個社會能平等地對待異族，不歧
視混血兒的話，這宗血案或許可以避免。」

「對，沒有歧視，梅利夫就不必顧慮自己
的出身，也就毋須殺人滅口了。」華生說，
「回想起來，昨天梅利夫哭得那麼厲害，看來
他也非常懊悔自己的所作所為呢。」

「是的。我也相信他還有點人性，否則就不
會夜探殮房，去看弟弟的遺容了。」福爾摩斯

深有感觸地說，「可恨的是，人的內心都潛藏着兇殘的一面，當沒法戰勝內心的**惡魔**時，就會魔性大發，做出**喪盡天良**的事了。」

「喪盡天良？甚麼意思？」突然，一個聲音在身後響起。兩人回頭一看，原來是**小兔子**和**愛麗絲**來了。

「沒甚麼，福爾摩斯先生抓到了殺害蘭茜的兇手，一時感觸而已。」華生答道。

「真的嗎？太好了！」小兔子撲到大偵探的身上，擁着他說，「謝謝福爾摩斯先生！謝謝你為蘭茜姨報了仇！」

「啊？這麼說的話，福爾摩斯先生豈不是剛破了一宗**大案**。」愛麗絲眼前一亮，「破了大案，**酬金**一定很**豐厚**吧？」

「你想說甚麼?」福爾摩斯斜眼盯着愛麗絲說,「我這個月可沒欠房租,休想**敲詐勒索**。」

「哎呀,我知道你這個月沒欠房租,但難保你下個月不欠啊。」愛麗絲攤開手掌說,「趁有錢,**預付**兩個月租金吧,省得我下個月來**追討**。」

「這次是為小兔子查案,不但一點報酬也沒有,還花了好多錢買雪茄送人,我正**窮得發慌**呀。」福爾摩斯苦着臉說,「你竟然在這個時候來預收租金,簡直就是**喪盡天良**呀。」

「原來『**喪盡天良**』可以這麼用,太有趣了!哇哈哈哈!」聞言,華生不禁掩嘴大笑起來,把剛才的**鬱悶**一掃而空。

科學小知識 ①

活字印刷

　　「活字印刷」又稱「活版印刷」或「鉛版印刷」，主要由4種東西組成，它們分別是金屬活字（鉛字）、油墨、紙和印刷機，缺一不可。印刷方法簡單地說來，就是在金屬（鉛粒）上雕出凸起的文字製成字粒，然後把字粒在金屬框內排列成文句。接着，把這個金屬框和紙張裝到印刷機上，並在字粒上掃上油墨，當開動印刷機時，字粒上的油墨就會印到紙上去，印出有字的紙張來了。

Photo Credit: "DSC_14791" by Ting Him Mak / CC BY 2.0

　　當然，如要把紙張裝訂成書，還須配備裝訂機。

　　由於每印一張紙，鉛粒也須壓到紙上一次，當壓的次數多了，鉛粒上的文字就會因磨擦而受損。所以，由活字印刷方法印製而成的書籍，如不經常更換鉛粒，印到後期時，紙上的文字就會模糊不清了。

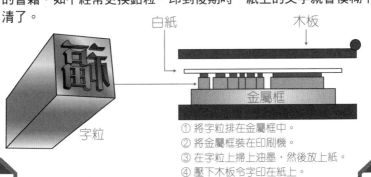

白紙　　　　木板

金屬框

字粒

① 將字粒排在金屬框中。
② 將金屬框裝在印刷機。
③ 在字粒上掃上油墨，然後放上紙。
④ 壓下木板令字印在紙上。

科學小知識 ②

頭骨與人種

在本故事中，梅利夫因為害怕弟弟的頭骨暴露混血兒的身份，所以不惜把弟弟的屍體丟到下水道去。這段情節其實是虛構的，我並不知道混血的赤狐能否通過頭骨來分辨牠的種族。

不過，如果這個情況出現在人類身上的話，卻是可以通過頭骨來分辨的。

例如，白人的頭骨與黑人的頭骨有很大的分別。黑人的下顎凸出，凸顎（prognathism）明顯，而白人的下顎會較平。此外，黑人與白人結合後誕下的混血兒，其下顎也如黑人一樣，凸顎的特徵會較顯著。

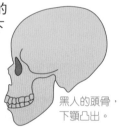

黑人的頭骨，下顎凸出。

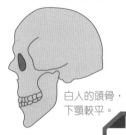

白人的頭骨，下顎較平。

歷史小知識

The Strand Magazine

《The Strand Magazine》是英國著名流行雜誌，曾因連載福爾摩斯的小說而聲名大噪。它自1891年1月創刊後，到1950年3月才停刊，足足出版了60年，合共711期。據說它高峰期的發行量多達30至50萬本。本集把它放到故事中作為破案的重要道具，除了符合時代背景外，其實還想趁機介紹一下它。

此外，《The Strand Magazine》與第43集《時間的犯罪》也略有關連。因為，在該集出現的兩個數學問題，皆出自英國數學家亨利·杜德耐（Henry Ernest Dudeney）之手，而杜德耐也曾在這本雜誌撰寫數學專欄，據說在當時非常受歡迎。就是說，當年的讀者除了通過這本雜誌追看柯南·道爾的福爾摩斯探案故事之外，同時可能也在追看亨利·杜德耐的數學謎題呢。

此圖及本故事中《The Strand Magazine》插圖是由李少棠老師根據原來的雜誌封面重畫而成。

我偶然得知這段有趣的歷史後，就引用杜德耐的數學謎題創作了第43集，又把他的另外兩道謎題放進本集（第44集）故事中，一併向這兩位大師致敬。大家知道那兩道謎題出現在哪一頁嗎？

失物①

LOST & FOUND

這是你的失物嗎？

呀！
是我的煙斗。

你肯定？

剛抽過，
怎會搞錯。

**地鐵禁煙，
罰款 $1000！**

失物②

這是你的失物？

是呀。

買給女朋友的？

你猜錯了。

是買給福爾摩斯的。

啊！

**他要假扮淑女
查案呀。**

失物③

這是你的失物？

是呀。

這是女生的襪子呀。

女生的才夠長嘛。

可以塞多幾件禮物呀。

失物④

這是你的？

是呀。

你肯定？

當然。

我認為不可能。

為甚麼？

這是在女廁找到的啊。

大偵探
福爾摩斯
——消失的屍體—— ㊹

原著人物／柯南·道爾
（除主角人物相同外，本書故事全屬原創，並非改編自柯南·道爾的原著。）

小說&監製／厲河　繪畫（線稿）／鄭江輝　繪畫（造景）／李少棠

着色／陳沃龍、麥國龍　　　科學插圖／麥國龍　　造景協力／周嘉詠

封面設計／陳沃龍　內文設計／麥國龍　編輯／盧冠麟、郭天寶

出版
匯識教育有限公司
香港柴灣祥利街9號祥利工業大廈2樓A室

承印
天虹印刷有限公司
香港九龍新蒲崗大有街26-28號3-4樓

發行
同德書報有限公司
九龍官塘大業街34號楊耀松（第五）工業大廈地下
電話：(852)3551 3388　傳真：(852)3551 3300

第一次印刷發行
第五次印刷發行
Text：©Lui Hok Cheung
© 2018 Rightman Publishing Ltd. All rights reserved.

想看《大偵探福爾摩斯》的
最新消息或發表你的意見，
請登入以下facebook專頁網址。
www.facebook.com/great.holmes

購買圖書
2018年12月
2022年7月
翻印必究

ISBN:978-988-78644-6-2
港幣定價 HK$60
台幣定價 NT$300

發現本書缺頁或破損，
請致電25158787與本社聯絡。

網上選購方便快捷　　購滿$100郵費全免
詳情請登網址 www.rightman.net

福爾摩斯益智小遊戲
移形換影

這次能夠破案，與一本雜誌有很大關係呢。

對，那本雜誌上不是有個謎題嗎？不如我們也玩玩吧。

　　右頁有一個「棋盤」，為方便「下棋」，請影印一張自用，或拿一張白紙自行繪製自用。接着，請沿虛線剪下右頁福爾摩斯、華生、狐格森和李大猩的頭像，並沿實線對折成可以「站立」的棋子。

玩法如下

1 福爾摩斯和華生隸屬「偵探組」；狐格森和李大猩隸屬「警察組」。

2 他們在棋盤的起點分別是——

 ＝① 　　 ＝② 　　 ＝⑨ 　　 ＝⑩

3 請移動棋子，把華生與狐格森、福爾摩斯與李大猩的位置對調。對調成功，即完成棋局。

4 每次只可移動一個棋子，並須沿直線點對點地移動。如有需要，同一個棋子可連續移動兩次。

5 如沒有其他棋子阻擋，可一步跳過一至兩個點。例如，從⑨直接跳到④，或從②直接跳到⑤。

6 但是，「偵探組」成員不可與「警察組」成員停留於同一條直線上。

7 移動棋子的次序不限，你可連續移動「偵探組」或「警察組」的棋子，也可兩者互相交替地移動。

8 此外，你還可自行繪製路線更複雜的棋盤來玩這個遊戲，挑戰自己的智力呢。

（註：此遊戲引用自英國已故著名數學家亨利・杜德耐的名著《Amusements in Mathematics》。）